文芸社セレクション

落日の彼方に

怠全仙人

Taizensennin

文芸社

もくじ

落日の彼方に

一

どうして僕はこうなのだろう？　いつからこんな風になってしまったのだろうか？

小学校六年生の頃は、これでもわりとクラスで目立つ存在で、授業中、下手なジョークで大爆笑を誘ったり、おどけて訳もなく急に騒ぎだして授業を妨害したりすることもたびたびだった。それでいて担任の先生にひどく叱られる訳でもなくゲラゲラ笑っているうちに、なんとなく終わってしまったりしてた。

元々は引っ込み思案で、幼稚園にあがる前、近所の子どもたちが折り紙で作った風車を風に靡かせて「キャーキャー」言いながら走りまわっていたので、僕も羨ましくなってお母さんに頼みたいんだけどなかなか頼めないでグズグズして、やっとのことでお母さんに言って作ってもらって外に出た時には、近所の子どもたちはもう誰もいなくて、ひとりで蚊の鳴くような小さな声で、「ウー」と唸りながらペタペタ走っていたとか。

幼稚園では、「かごめかごめ」でみんなが盛り上がっている時に、次々と、

「次はハナちゃん」

「次はよしおくん」

なんて呼ばれてるのに、僕だけは誰の目にも見えていないみたいに、いつまでたっても選んでもらえず、みんなが、

「楽しかったね〜」

なんて言って教室に引き上げた後、ひとりぽつんと突っ立っていたり

とかしていた。

小学校に入っても、同じようなもんで、

「これ、わかる人！」

って先生が授業中、みんなに言った時でも、僕はたとえわかっていていても答えようと思っていることを心の中で、何回も何回も確かめてから手を挙げるものだから、いざ、挙げようと思った時には、もう、他の子が当てられていて、

「はい、よくできました」

みたいなことになっていた。

でも、そんな僕も小学校に六年もいるうちに、かなり無理して、さっき言ったみたいに授業を引っ掻きまわす「目立つ存在」を演出できるようになっていったんだ。でも内心はいつもドキドキで、無理して大笑いしている僕の顔がお面みたいに強ばってることに、そのうち誰か気づくんじゃないかと思って落ち着かなかったんだ。

でも、今思うと、それでも小学校の時の方がまだマシだった。

中学校に入ると、思うように成績は伸びないし、僕が小学校の時のように目立つ存在でいようと無理しても、空回りする感じで誰も注目してくれなかった。

あれは中学に入って初めての夏に行った臨海学校の夜だった。先生に言われてバタバタとグループに分けられて同じ部屋になった友達と夜、布団を並べて寝てる時に、ホントに無理してちょっとエッチなことを変な声で言って注目を集めようとしたんだ。小学校の教室で大受けしたばか騒ぎを再現しようと思ったんだ。でも、ひとりも笑いもしないどころか僕がいること自体、誰も気づいてないみたいに、全然、何の反応もないんだ。それで、恥ずかしさに変になりそうなのを我慢してさらに大きな声で、

「ああ〜ん」

なんて鼻にかかった声を出してみたけど、それでも「クスリ」とも「ははっ」とも返ってこなくてスースー、寝息をたててる奴さえいる始末で、僕はここにいてもいなくても同じような気がして、布団を頭から被って丸くなって目を閉じてしまった。

昼間は、さらに情けないことがあったよ。本来、僕は運動が苦手で特に球技は野球もサッカーもまったくダメなんだけど、ちょっと時間が空いた時なんかに、先生がラケットと羽根を学校から持ってきていたものだから、みんなでバドミントンをやろうみたいなことになって、先生の近くにいた生徒は半ば強制的に参加させられることになってしまったんだ。僕はもちろん嫌ですぐにその場を逃げようとしたんだけれど、気がついたら先生からラケットを握らされる始末で、僕はほとんど生まれて初めてバドミントンをすることになってしまったんだ。僕は緊張で、掌に汗をじっとりとかき、息も荒くなっていたんだけれど、僕が必死で羽根をラケットに当ててサーブしようとしても全然当たらないんで、もう、本当に目眩がするくらい、羽根を頭の上に放り投げてラケットを振り回していたら、誰にでもできるはずのことを顔色変えてやっている僕の姿がえらく受けてしまって、周りにいた生徒はもちろん、先生もお腹を抱えて笑い転げてしまったんだ。みんなは僕がふざけてわざと失敗しているんだと思ったみたいだったよ。僕は、小学校の時のクラスをわっと笑わせていた感覚を少し思い出して久しぶりにいい感じになっていた。昨日の夜は、寝る前に布団の中であんなに一所懸命、みんなを笑わせようとして、恥ずかしい声で恥ずかしいことを言っても誰も何の反応も示してくれなかったのに、今日は大真面目で本気でラケットに羽根を当てようとしたら大ウケして、先生に、

「君は愉快だなぁ、あ、はは」

と、明るくまるで誉められたようになってしまって僕は少し得意になったけど、結局はちぐはぐな感じがしてかえって苦しかったんだ。

僕の通うことになった中学校は私立で、ちょっとお金に余裕のある中小企業の社長の息子なんかが通ってくる気持ちの悪いところで、おまけにカトリック系のミッションスクールで、都合が悪くなると、

「それは神の愛です」

みたいな無責任なことで誤魔化す先生たちが牛耳っていて、さらに最高に気持ち悪かったのは、ずうっと見渡しても、うす汚い男しかいない男子校だというところだった。

お父さんの弟で太平洋戦争の大空襲で焼け出されてから心が元に戻らなくなった人がいて、わりと近くに住んでいて包丁を昼間から振り回したりして奇声をあげて走り回ったりするもんだから、変な意味でちょっと有名だった。というのもその人はずっと病院に入っていて、僕は全く会ったことさえなかったんだけど、その人の親戚だと知られて僕が苛められたりしたら大変だということで、近所の学校には小学校の時から通わずに、隣の町までわざわざ越境入学させられていたんだ。そのノリで、

親は中学校も電車に乗って通う私立の中学校なんかに僕をやってしまったんだ。

学費が高いだけあって校庭には、つつじや薔薇みたいな季節毎の花がどこかの公園みたいにいっぱい植えられていて、いつか外国の映画で観た鐘の鳴る結婚式場のチャペルよろしく、学校に不釣り合いな教会なんかも中庭の奥に無遠慮に聳えていた。その無神経な建物にクリスマスには行きたくもないのに連れていかれると、そこにはうちひしがれて十文字の柱に張り付けられた貧相な半裸の男のブロンズ像が掲げられていて、壁の高い天井付近の窓にはめ込まれたステンドグラスはキラキラ輝いてまばゆかったけど、僕にとってはさびれた観光地みたいなもので、ただただそれだけのものだったよ。

ミッション系だからかどうかは知らないけど、毎日毎日、英語の短いセンテンスを放課後の三十分間で生徒に覚えさせて、ちゃんと覚えてから先生の前で間違えずに言えた者から順番に家に帰ることを許されるという変なシキタリがあったのだけど、どういう訳か僕はいつも最後まで残るはめになっていた。今日こそは早く覚えてラストにならないようにしようと力めば力むほど、よけいに緊張して頭の中が真っ白になって何も覚えられなくなるんだ。

そこでまず、これで毎日毎日が苦痛の連続になったんだ。

そういったことは何も英語に限ったことではなかったよ。

数学も一年の二学期には、早くも授業で何を言ってるのか全くわからなくなってきていたし、それでも何とかついていこうと焦っていたある日、湿気ったかき餅のような顔をした数学の片岸先生が僕を指して黒板に書かれた方程式を答えさせようとしたんだ。自信はもちろんなかったが、それでも僕は遠からざる答えを言ったつもりなんだけど、そのかき餅は、

「ふざけるな！」

と大きな声で怒鳴り散らしただけだった。どうしてそういう答えになったのかなんて聞いてくれることもなく、ただ、耳をつんざく馬鹿げた大声を爆発させただけだったんだ。

そう言えば現国の並木先生もひどかった。確かに授業中なのにクラスのみんなは騒いでいて先生の話を全く聞いていなかったけど、僕はただただ訳もなくどうしていいかわからないくらい、気持ちが沈み落ち込んでいてコントロールできない状態にいたので、騒いでるみんなのざわめきも誰も聞いていない先生の授業の声も、頭の遠くでぼんやり響いていただけだったのに、このスーツ姿だけはバシッと決めた三十男の先生は突然、教壇を出席簿で一心不乱にバンバン叩き出し、一番前に座っていた生徒の胸ぐらを掴んだかと思うと、横っ面をビンタして、

「何を騒いでる！　俺の授業が聞けないか！　ようし、連帯責任だ、みんな並べ！」

などと訳のわからないことを言い始めて、騒いでいた者もそうでない

者も一列に並べさせると、片っ端からビンタをしまくっていったんだ。あまりに急で、呆然としていた僕の前にもやって来て、

「こら、しゃんとしろ！」

と怒鳴って、よろよろ立ち上がった僕の頬を妙に分厚い掌で殴っていった。奴の目は血走っていて、肩で、はあはあ息をしていた。

日頃、何も言えないタイプのこの現国教師は、切れると歯止めが利かなくなるらしかった。こいつの歪んだ顔を見ていたら理不尽に殴られた痛みより、ただただ、気持ちがさらに沈み込んで際限なく体中の力が床に向かって抜け落ちて行くような気がしたよ。

こんな風に授業はまったく馬鹿げていて、無理してそこにいるだけで吐き気もんだったけど、授業だけじゃなくて、学校にいる間中、僕は、先生はもちろんクラスメートにも馴染めず場違いで気持ち悪くて、

「ここにいちゃいけない！」

って感じで、いつも落ち着かず居たたまれない気分に襲われていた。

本当に、居場所がなかったんだ。

教室にいても廊下を歩いていても校庭にいても、ここに居ていいのかどうかがまったくわからなかったんだ。腰が落ち着かない気分で、いつも逃げ出しそうだった。

お昼休みが特に嫌だった。

持ってきた弁当を食べてしまうとみんなは校庭に行ってボール遊びに興じたりするんだけど、僕はあまりにも下手で参加できない。当然、誰も誘ってくれないし、もちろん、何かの間違いで誘われてもきっと行かなかったろうけど。弁当を食べる時はまだ、口をモグモグ動かして飲み込むという動作に助けられたけど、食べ終わったらそれはもう大変で何をして過ごしていいのかわからなくて、いつも、手持ち無沙汰にひとりで過ごすことになるんだけど、そうなると一時間のお昼休みが気が遠くなるほど長く感じられるんだ。

そんな風に学校の「のけ者」「お邪魔虫」みたいにして何とか過ごし

ているうちに、季節だけは早くも秋を迎えていた。

僕の家の隣はキリン草とすすきが交じりあって好き勝手に伸びている空き地で、八月のお盆を過ぎたあたりから早くもコオロギやスズムシが鳴き始めるんだけど、夜、便所に起きてお父さんとお母さんが寝ている部屋の前を通ると、虫の声に混じってお父さんの喉から絞り出すような声が聞こえてくるんだ。喉を絞められて殺されたら、きっとこんな声を出すんだろうと思われるくらい苦しみに満ちていた。それはお父さんが、嘔吐してる音なんだ。そして続いて洗面器に向かって吐き出される液体が飛び散る短い音も、決まって聞こえてくるんだ。

お父さんは、僕が小学校の一年生の時に胃を壊してから、病院が自分の家のようになってしまって、退院して家に戻って会社に行けるようになってしばらくすると、また調子が悪くなって入院するということを繰り返していたんだ。だから、お父さんが入院している時の日曜日は、お父さんが入院していた国立大学の附属病院にお父さんのお見舞いに行くことがお決まりのようになっていた。夕方、落語家が座布団の取り合い目指してワアワアやってた人気番組がテレビで始まる頃は、ちょうど面会時間が終わって帰らなければならない頃で、賑やかなテーマソングがかえってとても寂しく感じられたのを覚えてる。

お父さんはそれからも入退院を繰り返し、会社もちょっと行ってはまた休むという感じで、でもクビになる寸前にはうまく退院して会社に戻って、またしばらくすると、入院するといったようなことを繰り返していた。

お父さんが初めて入院した時は、ちょうど海辺の町に家族旅行をしようとしていた小学校最初の夏休みで、家族旅行を予定していたちょうどその出発の日にお父さんは入院してしまった。僕は旅行の準備だと言ってお絵描き帳に「パンツ、シャツ、歯ブラシ、鼻紙」等々、ワクワクしながら書いていたけど、旅行に行く代わりにお父さんがお母さんに連れられて病院に出かけるのを見送ってから、僕はそのお絵描き帳の「旅行のページ」を破ってゴミ箱に投げ入れた。それ以来、僕たち家族は一緒に家族旅行なんかしたことは全くないよ。

僕が小学校の四年生くらいの時には、お父さんの入院がとても長引いてしまって、僕は三つ年上のお姉ちゃんと一緒におじいちゃん、おばあちゃんの家に預けられ、そこから小学校に通った。もっとも、越境入学をしていた手前、そもそも住民票はその学校区にあったおじいちゃん、おばあちゃんの住所に置いていたから、通学がバスから徒歩に変わって楽にはなったんだけど。

おじいちゃんやおばあちゃんもお父さんが切れ目なく病気をするものだから、

「あんたのお父さんは、お役人のままでおったらよかったんや。百貨店の外商なんか性格が合わんよってな」

みたいなことをよく僕に話していた。お父さんがお役人をしていたことはその時初めて知ったけど、「百貨店の外商」は毎月いっぱい商品を売らなければいけなくて、それが大変なのはお父さんのあまり笑わない表情からなんとなくわかっていた。

お父さんは確かに真面目な人だと思う。あまり冗談も言わないし、おしゃべりじゃない。勤め先が百貨店だから日曜日も働いていて、休日は木曜日だったけど、木曜日は朝から一日中、布団の中でゴロゴロゴロゴロしていた。もっとも僕が小学校に入る前、お父さんがまだ体を壊すまでは、幼児向け英会話の教材を買ってきてくれて僕に聞かせながら、お父さんもいっしょになって英語の歌を大きな声で歌っていたような記憶が頭のどこかに残っている。ゴロゴロしていたのは本当に体が辛かったからなんだと思う。

お父さんは、私立だけど結構いい大学を出てて、勉強もいっぱいやって弁護士になりたかったみたいだけど、家が貧しくて結局なれずじまい。それでも公務員になったみたいだけど、母親、つまり僕のおばあちゃんのことだけど、おばあちゃんを養うには公務員の給料ではやっていけないと思い、知ってる人の誘いもあって今の百貨店に入ったということだそうだ。今と違って太平洋戦争が終わってしばらくしか経っていなかった頃なんで、公務員の給料はほんとに安かったんだって。これは、さっき話したお父さんの入院の時に預けられたお母さんの方のおばあちゃんから聞いたことなんだ。そのおばあちゃんによると、百貨店に入った後の昇進は結構早くて、すぐに課長になったそうだけど、外商の課長に回されてからは、毎月毎月、売上に追われるようになって、僕は全く覚えていないんだけど、お姉ちゃんによると会社から帰ってくると、お姉ちゃんの知らない人の名前を大声で叫んで罵ったりするようになったそうなんだ。多分、会社の上役の名前だろうとお姉ちゃんは言っていた。

理科の授業で、「光合成」というのを学んだことがある。僕たち人間は、朝、食べたら、昼や夜になったらもうお腹が空いてなにかを食べなければならないんだけど、植物は、太陽の方を向いてじっとしてたら自然と栄養分が作り出せるんだって。もしこれができれば、お父さんのように辛い思いをして働きに行かなくてもいいということだよね。

僕はこれに限ると思って、その授業を聴いた次の日曜日に、日がな太陽に向かって突っ立っていたけど、あたりまえだけど、お腹なんかふくれるはずもなくて、ただ日焼けして顔が真っ赤に腫れてしまっただけだったよ。

きっとお父さんと僕はどこかで似てるところがあって、僕もあまり人と一緒にいて楽しくなるタイプじゃないし、お父さんよりさらに悪いところは勉強だって好きじゃないし、できないし。


僕は、元々ちょっとしたことが気にかかると頭から離れない変な癖があったんだけど、その頃は、さらにしんどいことに付きまとわれるようになっていたんだ。それは、前には本当に何気なく何の抵抗もなくできたことが、妙に心に引っ掛かってしまうようになったってことなんだ。

そして、一旦、心のどこかに引っ掛かってしまうと、もう、一歩たりとも先に進めなくなって固まってしまうんだ。どうやら頭の中で何かがぶっ壊れてしまったみたいで、例えば学校にしたって、辛いし面白くないということは前からもちろんあったけど、それでも今までなら毎朝起きたら、オートマチックに体が勝手に学校を目指して動いていたのに、何で毎日、あんな学校に行って、クラスメートたちの中でぽつんと座りながら、つまらない授業を受けなければならないのか、その「理由」が本当に心の底からわからなくなってしまって、その訳のわからないことをするということが辛くてどうしようもなくなってしまったんだ。そう、感じてしまったら、体も頭も鉛のように重くなって身動きがとれなくて、頭から体からコンクリートで塗りかためられたみたいになってしまうんだ。

学校に何で行くのかわからないということを、さらに突き詰めてしまうと、

「この先、勉強して何になるんだろう？　何で勉強なんかするんだろう？」

ということになってしまって、そうなるともう、学校の中でひとりだらしなく口を開いてぶざまに天井を見上げるみたいな感じに僕は襲われるようになったんだ。

お父さんは勉強してがんばって大学を卒業しても、一番なりたかった弁護士にはなれず、百貨店の外商というよくわからないけど、お金持ちの家を回って高級品を売るような仕事をしているらしいし。お母さんが、

「今月もお父さん売れなかったから、またひとつ買わされたのよ」

と言うたびに、我が家の家電なんかがひとつ新しく増えたけど、その真新しい商品を前にしても、お父さんもお母さんも全然嬉しそうじゃなくて、ため息をついたりしていたよ。

なんか、このまま勉強しても、結局、好きな仕事につけなければ、お父さんみたいに、ずっとしかめっ面をして、休みの日にはゴロゴロして、

挙げ句、体を壊して洗面器を前にしてゲロゲロ、ゲロゲロ吐きまくるようになるのかな？

はたして僕に好きな仕事、やりたいことなんか、あるんだろうか？それもわからずにただ、先生の言うままに何に使うかわからない方程式を解いたり、外国の人と話す機会が来るのかどうかもわからないのに、英語を覚えたりして何になるんだろうか？

そういったことに引っ掛かってしまうと、ずっとずっと頭から離れなくて、頭の中で引っ掛かってることがぐるぐるぐるぐる回り続けて、頭を抱えてその場にしゃがみ込みそうになってしまうし、だんだん頭が熱を帯びてきて「ワーッ」と叫びだしそうになってしまうし、おかげで授業はますますわからなくなるし。

頭が加熱して目が血走ってくると、僕は勉強だけじゃなくて、今、何のためにここにいるのかさえわからなくなってくるんだ。何でこんな下らないことばかりしなくちゃいけないんだと思いながらも、結局は何からも離れることができなくて、バタバタバタバタバタ毎日毎日、半分、体を踏みつけられて潰された昆虫みたいに、もがき苦しみ続けるのは何のためなんだろうか？　お父さんが赤茶色の胆汁液でタボタボした洗面器に顔をうずめるようにしながら、それでも生きてるのは何でなんだろう？朝の電車に乗ったらものすごい形相で、すし詰めの車両になんとかして乗り込もうとしている割には、死んだ魚の目でうつろに車内を見ているサラリーマンのおじさんたちは、それでも楽しいから生きているんだろうか？　クラス全員に集団ビンタをかました現国のあの格好ばかり気にしている並木先生は、これからも腹が立ったら生徒を殴って生きていくんだろうか？

僕は、なんだかすべてが馬鹿馬鹿しくなってしまって、トボトボよろよろ今にも転びそうになりながら日々を過ごしていったよ。

クラスメートとはほとんど誰とも話したことはなかったけど、珍しくひとりだけ僕の家を訪ねてきた奴がいた。

ウダウダしてても季節は過ぎて、そろそろ木枯らしが吹くようになったある日曜日、そいつは全く何の前触れもなしにやって来た。僕の家に学校のクラスメートがやって来るなんて、かつてないことだったから、お母さんは驚いてしまって、

「紅茶、あー、子どもだからジュースよね」

なんて大騒ぎしていたけど、僕はただ不思議で不思議で呆然としていた。だって、そいつとだけというわけじゃないけど、今までにそいつともちゃんと話した記憶はないし、先週だって顔を合わせたのかどうかも定かでなかったし、ましてや、今日、日曜日にわざわざ電車に乗ってまでして会いに来るなんて全く予想さえできなかったからなんだ。

そいつは細畑といったんだが、名前さえほんとは奴が名乗るまではあやしいものだったよ。

細畑は僕の部屋に入ると、お母さんが出してくれたジュースの置かれ

た小さなテーブルの前に座るやいなや、部屋の中をじろじろ見回した。机の上や本棚に置かれてある参考書なんかを手に取って、

「ふうん、これ、使ってるんだ」

なんてひとりで言って頷いたりしていた。僕は髪の毛がチリチリの癖毛なんで、あまり伸ばすと収拾のつかないアフロヘアになってしまうのでいつも短いんだけど、それでも髪の毛が好き勝手な方向を向いてしまうんで、それでヘアオイルを使ってるんだけど、細畑は壁に吊した鏡の下の棚から、わざわざそのヘアオイルを探しだしてきて、僕の髪と交互に見ながらニタニタ笑ったりしてた。

僕はなんか服を全部脱がされて、裸の体を隅々まで調べられているような気がして、むずむず気持ち悪くなっていた。

僕の家は倉庫みたいな長方形の平屋に、ちょこんとくっつけた僕の部屋の六畳間部分だけが二階という変な作りになっていたんだが、細畑は急に窓を開けるとそこから身を乗り出して一階部分の屋根を見て、

「お前の家はこれだけなんだなあ」

と言って小さく「ククク」と笑った。

その後も細畑は、テーブルに戻ってきてジュースは飲み干したものの、本棚から出してきたマンガ雑誌を読み耽っていたけど、どうしていいかわからなくて傍で固まったようにじっとしている僕の存在に気がつくと、

「そう言えば、君の時計って、いつも思うんだけどガチャガチャから出てきたおもちゃみたいやなあ。それ、ちゃんと動いてるの?」

なんて言うと、またマンガ雑誌に夢中になって一冊読み終わるとそそくさと帰っていった。

結局、奴と僕とはほとんど会話らしい会話はしなかった。

その後、学校で会っても特に親しくなった訳でもないし、あの日の訪問のことで細畑と何か特別に話したことさえないし、全く何もなかったかのようだった。僕も薄気味悪かったけど、細畑と特に話さなければならない理由もなかったから、そのままほうっておいた。いったい、細畑

は何のために僕に会いに来たのだろう?

しかし細畑が教室で他のクラスメートと話している時に、ひとりでいる僕の方を見てクラスメートに何か言った後、みんなでどっと笑っている様子から、なんとなく僕の家に来た理由がわかったような気もしたよ。

細畑を始め、その他のクラスの人も、多分僕には関心がないし、僕も体育の授業で本当に絶対にやりたくないのに、ソフトボールやサッカーやバレーボールみたいな団体競技に仕方なく参加させられる以外は、全くクラスメートと接する気がなかったから、その頃にはますます何のために勉強するのか、何で学校にいるのか、はたまた、何で毎日、ご飯を食べて便秘気味でもうんこして、学校に行って、また、ご飯食べてみたいなことを繰り返しているのかさえも、ますますわからなくなっていたから、僕もクラスメートが僕を見て笑っていようとそんな事は別にどうでもよくなっていたんだ。

そんな感じでそれでも一年は過ぎていったよ。

何もすっきりしないで、心の中でずっとモヤモヤして何もわからず、僕は何でこんな学校にいるのか、何で勉強したりするのかもわからないまま、そのわからないことにもなんとなく慣れてしまって、ただ日々をだらだらと過ごしていたんだ。でも、急にわからないということが右や左や上や下から僕を襲ってきて、僕をぺしゃんこにしてしまいそうな気分に週に何度かは襲われて、全身、汗まみれになってガタガタ震え出すようなことが何の前触れもなしにあったんだよ。そんな時は掌の汗が特にひどくて、紙にあてると手形がくっきりと現れるくらいだった。その後も、数日間は、

「わからない、わからない」

が頭にこびりついて離れなくて、歩いているときも、ごはんを食べているときも、うんこしている時さえも、僕を自由にしてくれなかったんだ。学校で並木や片岸やその他の訳のわからない先生の授業を受けてい

る時が特にひどくて、

「わからない！　わからない！」

の大合唱に僕は頭が破裂してしまいそうになるのをただじっと耐えていたんだ。


そんな僕にさらにまたひとつ困った事が起きてしまった。

それは、二年生になって、毎日毎日雨が降り続くようになった頃で、おとなしくしていてもじっとりと汗ばんでしまうような日に起きたんだ。

昼休みの教室でそこだけ黒山の人だかりができていた。そこは山谷の席だった。僕はもちろん、山谷とはちゃんと話したことなんてなかったけど、制服のボタンをいつもはだけて、授業中であろうと休み時間であろうと構わずに大声で騒いでるような奴だった。気がつけば教室に残っている生徒のほとんどは山谷の席の周りに集まっていた。

僕だけがひとり自分の席に座って見るでもなく窓の外を眺めていた。

黒山の方からは、

「ワーッ」

とか、

「こっちにも見せろ！」

とかの怒号に近い声が聞こえてくる。

僕はいつものようにクラスメートの騒ぎなんかには巻き込まれたくなかったので、そちらの方は見ないようにしていた。すると、急にあの細畑がニタニタ笑いながら近づいてきたかと思うと、僕の机の上に山谷の所から持ってきた一枚の写真をさっと置いていったんだ。

思わずそれを見てしまった僕は釘付けになってしまった。

上半身、セーラー服がはだけて小さな乳房をさらけ出した女の子がむき出し下半身で股を大きく開いて、どこかの家の壁か何かにもたれかかりながら、角刈りの中年らしきおっさんの醜く勃起したペニスを股にあてがわれている写真だった。

僕は目から火花が出そうな程、動揺した。そして何も言えず固まったようになってしまった。

「なんだ、こいつも興奮しとるで」

ニタニタと笑いながら細畑が近づいてきた。

「もっとよう見たれや。南浪速中学の女やで！」

そう言いながら、細畑はさらに別の写真を二枚ほど僕の机の上に並べた。一枚は股間が大写しにされ、ペニスが半ば挿入されていた。あどけない中学生と思われる女の子が、だらしなく口を半開きにした顔の写真がそれに続いた。

僕の中で血液が激流となって暴れ狂うのがわかった。心臓の鼓動が高まり息苦しく体中から汗が噴き出した。

それを、細畑にも僕の席に集まり出していた他の連中にも悟られないように僕は必死に努めていた。

授業が終わって家に帰ってからも、僕の興奮が静まることはなかった。

その日以来、僕はますます変になってしまった。あの写真の情景が、口をだらしなく開いた少女の顔が、生まれて初めて見た女性の陰部の形が、それに差し込まれたペニスのグロテスクさが、四六時中、目の前にちらついて頭から離れなくなってしまったんだ。そして、僕自身のペニスが写真をちょっとでも思い出すだけで急に勃起して、胸が締め付けられるようになって居ても立ってもいられない気分になってしまった。

それまで、勉強したり学校にいるときに感じていたのは四方の壁から押し潰されそうな気持ちだったが、今度はそれに、荒々しく息をしなければ窒息しそうな息苦しさと、同時に激しい鼓動で心臓が口から飛び出してしまいそうな狂おしさ、それにも増してどういう訳か、学校の連中とは相変わらず話したくもなかったけど、女性だけは別で女性としゃべりたい、いやいやそんな穏やかなものじゃなくて、直接、触れてみたい野獣じみた思いが募ってきて、「ワーッ」と叫び出すようなもの苦しさが加わってしまったんだ。

これまでも、テレビを見ててキスシーンがあったり、電車の中でおじさんが見てる週刊誌のグラビアがチラッと見えてタレントのバストなんかが見えてしまった時なんかでも、息苦しくなって困ったことはあったけど、今回は生まれて初めて見てしまったものがものだけに、インパクトは比べようもないくらい強いものがあったんだ。

僕は、いつ火がつくかわからない火薬庫を抱えているようなものだった。スパークは美術の教科書でミロのビーナスの裸像を見た時であったり、世界史の教科書でジャンヌ・ダルクのはだけた胸元を見た時であったりさえもした。朝の混雑した地下鉄に乗れば、女子高生の長い髪が鼻先をくすぐったりもして、それだけでも、目の前がパッと赤くなって息が荒くなってしまうのを周りに気づかれないようにするのが大変で、ちょっと油断すると女子高生の髪の匂いや微かに漂う汗や体臭に幻惑されてしまってフラフラと近寄って行きそうになってしまった。

僕の家から十五分も歩いた商店街のはずれに、小さな古本屋さんがあった。六〇歳を少し回ったくらいの禿げたおじさんが、いつもひとりで新聞を読みながら店番をしていた。僕がいつも買っていた文庫や単行本を置いてある棚の奥まった向こう側に、女の人が胸をさらけ出したりお尻を半分出したりしている、いわゆる「エロ本」とか「ビニ本」とかを並べているコーナーがあった。僕はあの写真を見る前から文庫本を手に取りながらもずっと気にはなっていたけど、今はもう、そのコーナーの傍に近寄るだけで心臓がドキドキしておさまりがつかなくなった。でも、買う勇気にまではなかなかなれなくて、文庫本を手に取りながら、息を荒くしてそのコーナーの方を見てたんだ。そんなことを何回も何十回も繰り返してから、ある日、ついに僕はそのコーナーの棚に近づいては離れてまた近づいてを繰り返して、そしてやっと、平積みにしてあったビニールで包まれた本を内容も確かめずにさっと掴むと、店番のおじさんのところに持っていったんだ。

心臓の音が鼓膜を揺るがして耳の奥から聞こえてきそうなくらいで、吐き気さえもよおしたけど、おじさんは、瞼の若干垂れた目で僕をチラリと見ただけで、

「はい、三百円ね」

と言ってお金を受け取ると表情ひとつ変えずにまた新聞に目を移していった。

僕はその本を手に、もどかしく小走りがちに帰ると、閉めきったムッとする僕の部屋の中で目を血走らせて買ってきた本に見入った。ズボンの中でペニスが屹立し、痛いくらいに膨張しきっている。僕は、自然とパンツまで脱いでしまった。心臓の鼓動に合わせてペニスが上下する。

あまり若くない女性のはち切れんばかりの胸と腰回り、唇の端が唾液でヌラヌラ濡れて赤い舌が見えていた。

僕は堪らなくなってそのままうつぶせになり、怒張したペニスを床の畳に軽く擦りつけた。その瞬間、身体中に電気が走ったような鋭い感覚

が走り、ペニスの先から白い液体がほとばしり出ていた。

初めての射精だった。

そして、その時を境に僕はさらにおかしくなっていった。


通学の電車の中でいつも出会う女子中学生がいた。小学校の時に、どことなく気になっていた娘にどこか似ている感じの女の子だった。小柄で目の綺麗な女の子だった。でも、それよりもなんと言っても、僕が同じ車両に乗り合わせて彼女だと気づいて、遠くからでも意識するだけで胸が高鳴ってしまったのは、彼女の胸が制服の上からでもわかるくらいにはち切れんばかりに大きかったからなんだ。映画やテレビの「青春もの」なんかだったら、寝ても覚めても彼女のことが忘れられなくて、胸が切なくなって、

「これが初恋だ！」

みたいなことになるんだろうけど、僕が彼女のことを思い出すのは、

そのはち切れそうな胸のふくらみのことばかりだったよ。彼女を電車の中で見つけると、僕は引き付けられるように、でも、それとわからないように細心の注意を払いながら、彼女の傍らに近づいていって、仄かな体臭や髪の匂いを嗅ぎとろうとした。彼女の髪は甘酸っぱいシャンプーの香りがしたし、微かな体臭は絞りたてのオレンジの芳香が下半身からわき上がってくるような感じだった。それだけで僕の頭は痺れてうっとりとなり、目を閉じて恍惚とした思いに囚われた。はしたないことだけど、股間も自然と硬くなってしまってた。

僕は彼女に小学校の時にちょっと気に入っていた胸の大きな女の子にちなんで「キヨコ」と名付けた。

もう、こうなりゃ、誰かに操縦されたロボットみたいなものだった。

キヨコを見つける。

キヨコに近づく。

キヨコを感じるために、胸いっぱいで呼吸をする。

一度なんか、電車がカーブを曲がった瞬間にキヨコが体全体で僕の胸の中にすっぽり入ってしまったことがあった。それでなくても、もうはち切れそうになっていた僕のペニスに刺激が加わった訳だから、僕はだらしなくパンツの中で思わず射精してしまっていた。

僕は毎日毎日、通学でキヨコを見掛けるたびに、そんな惨めなことを繰り返していたけど、それでも、キヨコに声をかけるなんてことは恐ろしくてできなかった。髪や体臭の匂いは感じられても、面と向かっては顔さえはっきり見ることができなかったんだ。

胴回りにダイナマイトを巻き付けたような日々が続いた。下手に想像したり見てしまったりしたら、ごく容易くスイッチが入って体が粉々になりそうな気がした。例の古本屋さんのことは思うだけで女性の乳房やお尻が目の前にちらついて、心臓がばくばくしてダイナマイトに点火しそうになるし、また、現実的にはお小遣いの都合もあったので古本屋さんにはそうそう頻繁には行けなかったけど、それでも体の芯から突き上げるような欲望に動かされて、週に二、三回は通った。僕もだんだん慣れてきて、以前に比べれば躊躇なくスムーズに店に入ることができるようになってたし、店番のおじさんも相変わらず僕を何ら咎めることなく、無表情で淡々といやらしい本を売ってくれた。

僕は買って帰ったそのいやらしい本を見ながら、もうどうしようもなく腫れまくったペニスを最初のうちは畳に擦りつけていたけど、そのうち、手で直接、しごいた方が簡単であることを覚えた。

僕は毎日、毎日、ただ、ただただペニスをしごいた。多いときは、日に四、五回も射精した。それでも僕のムラムラとした欲望が綺麗さっぱり消え去ることはなかったけど、僕はどんどんどんどん脱け殻のようになっていくのが自分でもわかった。

学校では相変わらず、僕はひとりだった。誰も僕のことなど気にも留めなかった。だから、僕が毎日、ふわふわふわふわして足さえもつれるような感じになっていても誰も気づかなかったし、僕も空気のように誰にも相手にされないことがむしろ、ますます心地よかったんだ。

写真の中の女性に向かって射精ばかりしていたり、電車の中でキヨコの微かな匂いに発情するようなことばかりしている内に、僕は、困ったことにどんどんどんどん生身の女の子に触れたくなってきたんだ。触れるといったって、もちろん女の子の中に射精するようなことはできないだろうけど、とにかく女の子と関わりたくなってきたんだ。元々、人と話すことさえ苦手な僕が、誰でもいいから僕に向き合ってくれる女の子が欲しくなったんだから、もしかして少しは「社交的」になったのかもしれないけど、実際は単に頭がますます変になっただけだと思う。学校に行っても居ても居なくてもどちらでもいいような存在の僕が、寂しさに耐えられなくなったということかも知れないけど、所詮男子校なんだから、そんなのは取り立ててどうでもいいという感じもあるし、やっぱり、エロ本を買いに行く時と同じドキドキ感に負けただけだという気がしたよ。

毎日、そんな事ばかりで頭をいっぱいにしていると、ふと、どういう訳か、小学校の時の佳以子のことを思い出してしまった。佳以子は、いつも姿勢を正してどんなに僕が馬鹿なことをやって授業を引っ掻き回していても、教科書をまっすぐ見つめているような女の子だった。成績は体育以外は飛び抜けて良かった。胸もなくて痩せて棒っ切れのような体をしていたが、目と眉のはっきりした女の子だった。

僕の悪ふざけが過ぎてクラスの女の子全員から白い目で見られるような時でも、佳以子だけは普通に接してくれた。でも、笑った顔を僕に見せくれたことは全くなかったけどね。

僕は引き出しの奥から小学校の卒業アルバムを引っ張り出してきて、クラスの集合写真を見つけて佳以子を探した。彼女はここでも前をじっと見据えて身じろぎひとつしないぞといった感じで写っていた。

僕は佳以子の顔を見ているうちに手紙を書こうと思いついて便箋を取

り出した。ところがいざ、書こうと思ってペンを便箋に立てたまではよかったけど、一行どころか一文字さえも書けなかったよ。

実は僕は佳以子のことは何一つ知らなかったからなんだ。ただ、六年生の時にたまたま同じクラスで、ほんの一時期を一緒に過ごしただけであることに改めて気がついたんだ。それで僕は便箋を前にして本当に困ってしまった。

でも、佳以子は、僕と違って授業を熱心に聴く優等生だったけど、彼女もお昼休みは、今の僕みたいにやはりいつもひとりでぽつんとしていたよ。佳以子はいつもクラスメートから離れて、ひとりで本を読んでいたんだ。だから僕は、僕が急に手紙を書いても、今の僕の他のクラスメートみたいに無視したりしないで、ちょっとは相手になってくれるんじゃないかと勝手に期待してしまっていたんだ。

僕は、手紙に何と言って書いたらいいのかわからなかったけど、とにかく久しぶりに会いたいということと、そして、ただ、一言、最後に、

「来ていただけないかもしれませんが、それでも僕はずっと待っています。」

みたいな、どこかのテレビドラマで見たような台詞で手紙を終わりにした。本当にあざといわざとらしい言葉だけど、そう書いておけばなんとなく期待が持てそうな気がしたんだ。

佳以子からの返事は案の定、来なかった。

でも僕は例のあざとい決め台詞もあったことだし、手紙で指定した時間に約束の場所に行ってみることにしたんだ。待ち合わせはこの町に住む人なら誰でも知っている駅のロータリーの噴水の前にしていた。約束は午後一時、その時間なら、話題の恋愛映画にも間に合うと思ってすでに、チケットを二枚買っておいたんだ。

佳以子は約束の午後一時を過ぎても現れなかった。噴水の周りは人を待つ人々がびっしりと張り付いたようになっていたけど、佳以子と思われる女性は全く見当たらなかった。もっとも二年位、お互いに顔を見ていないから見落としているのかも知れない。そこで僕は噴水の周りをゆっくり歩きながらひとりずつ確かめてみた。でも、お目当ての人に出会ってその場を離れる人もたくさんいたけど、それ以上に新しくやって来る人がいて、とてもすべてを調べることはできなかった。

そんなことをしているうちに、さらに三十分が経過した。もう、諦めようとして噴水を離れて駅に向かって歩き始めた時、ショートカットでグレーっぽい服装をして濁ったような赤いフレームのメガネをかけた少女が、向こうからうつむきかげんに歩いてくるのが見えた。

痩せぎすの体に似合わず、頬から下がやけに膨れたような女の子だった。僕は、この少女が佳以子なのかどうか全く自信がなかった。ただ、目だけが見覚えのある睫毛の長い切れ長の美しいものだった。僕が茫然と立ち尽くしていると、向こうも歩みを止めてこちらを見ていた。

「あの、もしかして森さん？」

彼女は、こくんと小さく頷くと、一瞬、僕をまっすぐに見たが、すぐに僕から目をそらした。

　僕は瞬間的に小学校の時と同じく全く成長していない、無いに等しい胸の厚みや、衣服から出ている枯れ木のように骨張った手足を確認してしまった。

「久しぶりやね」

　僕がそう言うと彼女はまた、頷いただけだった。うつむく彼女を前にして僕はこの先、何を話したらいいのかわからなくてゆっくり歩き始めた。佳以子も黙って僕の後をついてきた。僕はポケットに入っている二人で行こうと思っていた映画の前売り券に手をやった。

「歩いてても仕方ないし、喫茶店でも行こうか」

　と、僕は映画の始まる時間までまだ間があったので彼女を誘った。

「校則で禁止されてるからそれはできないわ」

　と、初めて佳以子は声を出した。しかもそれは小さな声ながらも毅然としたものだった。僕は、映画のチケットを買ってあるんで、まだ、上映までは時間があるからと言い訳じみたことをボソボソと話した。

僕もそれ以上は何も話さず、ただ仕方なく歩いていた。そして、やがて百貨店を見つけると救いを得たように入って行って、入口の片隅に置かれたベンチに僕は先に座りこんだ。佳以子も間にひとりくらい座れるほど僕と間隔を空けて隣に座った。

「何かクラブ入った？」

と僕が聞くと、

「文芸部」

と彼女は答えたが、彼女からの質問はなかった。それでまた、会話が途切れた。すると、彼女は黒い鞄から文庫本を取り出すと、まるで僕なんかいないかのようにうつむいて読み始めた。

僕はここでも空気扱いのようだった。

僕は、佳以子のすましたようなつんとした表情と隆起のない胸や棒っ切れみたいな手足の作りを見て、つくづく誘わなければよかったと後悔した。

　彼女は、僕が、

「学校、どう？」

　とか、

「小学校の友達に会う？」

　とか聞いた時だけは一瞬、本から顔を上げて僕の方を見て一言二言、僕に返してくれるものの、あとはずっと文庫本から視線を決して離すことはなかった。僕はポケットの中で映画のチケットを片手でくしゃくしゃに丸めると、

「じゃあ、これでね」

　と彼女に一言だけ言うとベンチから立ち上がった。彼女は表情ひとつ変えずに同じように立ち上がると、さっさと駅の方に向かってそそくさと歩き出していた。僕は、その後ろ姿を黙って見送った。

　僕は気持ちがどんよりと暗く深く沈み込んでいくのを感じていた。

二

右手で天を指差し、左腕を水平にした大きな石像が聳え立っていた。指差す上には青い空とコーヒーに流しこむミルクのような白い雲が漂っている。

僕は当然ながら本当は来たくなかった。中学も、はや二年生になっていたけど、何の面白いこともなく授業もほとんどわからないまま、その分、毎日、家に帰ってからはシコシコと射精ばかりして月日だけが過ぎ去っていた。

僕は仕方なく長崎に修学旅行に来ていたのだ。親しく話す友達も相変わらずいなかったから、修学旅行なんかに来たところで楽しいはずがない。まず、宿舎の旅館の部屋割りで僕は嫌になった。先生もできるだけ仲の良い者どうしが一緒の部屋になれるように便宜を図ってくれるんだけど、僕はやっぱりあぶれてしまった。それで先生が仕方なく強制的に僕を比較的人数の少ないグループに押し込んだんだけど、僕を押し付けられた部屋の他のみんなは露骨に迷惑そうな顔をしてた。

全く来るんじゃなかったよ。

僕だって、何とかこんな旅行に行かなくて済む方法はないかと色々と考えた。だけど、これも授業の内だとお父さんお母さんからもさんざんに言われて諦めてやって来たんだ。こんな旅行はもちろん、学校それ自体が、相変わらず大嫌いだったけど、かといって行かないで済ませる「勇気」も僕にはやっぱりなかったんだ。

僕が「平和公園」にあるこの大きな石像の前にやって来た時に、ちょうど随行してきた写真屋さんが、

「じゃあ、ここで写真を撮るぞ」

って大声で叫んだものだから、その付近にいた連中がワアッと集まってきた。僕は写真なんかどうでもよかったけど、どういうわけか、僕の立っているところがちょうど写真屋さんのカメラがとらえる写真の中心になってしまっていた。写真屋さんがまるで僕ひとりを撮るみたいな感じでファインダーを覗きこんでいたんだ。そんなことをするもんだから、少しでもよく写ろうと思った周りにいた連中が僕の周りにギュッと固まってぶつかりあったりしていた。

その時だった。

不意に僕の顎に衝撃が走った。僕は何が起こったのかわからず立ち尽くしてしまった。

「押すな、このボケが」

僕と同じ学生服とはとても思えないくらい、襟をはずしてだらしなく形が崩れた上着を着て、片方だけでも十分に左右の足が入るくらいダブダブにしたズボンをはいたあまり見かけない生徒が鋭い目で僕を睨みつけていた。言葉を失って頬を押さえながらただ、つっ立っているだけの僕に、

「なんじゃ、その目は、お前、やる気か！」

とさらにそいつは左右の拳を胸の前に揃えて身構えた。

写真屋さんが、

「おい、そこ、何やってんだ」

って一声かけてくれなければ、僕は間違いなくさらに殴られていたことだろう。

僕は、何が起こったのかさっぱりわからなかった。僕を殴ってさらに僕に対して身構えていたということは、僕が何かしたとでも思ってるんだろうか。

でも、僕は本当にただそこにいただけなんだ。僕を殴った奴は、僕がそいつを突き飛ばすなり、強く押したとでも思ったんだろうか。僕はた

だただ、そこにでくのぼうみたいにつっ立ってただけなのに。

写真屋さんが声をかけてくれた頃には、

「人違いで殴られた」

って事が薄々わかってきていたけど、それでも、僕は一言も僕を殴ったそいつに向かって何も言うことができなかったんだ。僕は、頬を押さえたままのポーズで茫然と立ち尽くし、写真屋さんにその後、集まってきていた生徒たちと一緒に、続けて何枚もそのままのポーズで写真を撮られただけだった。

翌日から僕は「僕であること」がばれてしまった。居ても居なくてもわからないくらいにひっそりしていた僕なのに、

「あーっ、あの殴られた奴か」

ということで学年のみんなに知れわたってしまったんだ。

環境が変わると便秘になる僕は、修学旅行に来てからも調子が悪かったので、今朝も朝食後、人より早く便所に駆けつけて籠っていたんだ。

しばらくすると、

「誰や、誰が入ってるんや？　はよ、出てこいや」

とドアを叩くので、十分ではなかったものの慌てて外に出てみたらその時も、

「なんや、梶谷に殴られた奴か」

と僕の顔を見るなりニヤニヤ笑いでそいつは僕に言うんだ。

僕を殴った奴は、梶谷という奴らしかった。僕を「梶谷に殴られた奴」と呼ぶ連中がそう言うのだから、梶谷という名前なのだろう。もちろん、僕は全く知らない名前だったけど。

僕を殴った梶谷という生徒は、後で他の人が話しているのを聞いたところでは、学校の内外を問わず弱々しい生徒を見つけては殴って金を巻き上げたりもするそうで、いつもよく似た同じような連中、四～五人と一緒につるんで遊んでいるらしい。連中は僕と同じくらい勉強ができなかったけど、親が、小さいながらも会社を経営していたりして、保護者

会の役員なんかもしていたので、教師たちもかなり大目に見ているところがあるようだ。体育の先生でいつも竹刀を手にしてその日の気分次第で生徒をバンバン叩く奴がいたけど、その体育教師もそのグループの生徒だけは決して殴らなかった。殴られるのは、体がひ弱で僕のところみたいにお金がそんなになくて親も文句を言ってこないような生徒だけらしい。

梶谷やそういった類いの連中には僕は学校にいる時はもちろん、登下校の時にでも会わないよう、いつも前から注意していたよ。

ところが、梶谷のほかにどんな奴がグループにいるのか僕は最初、全く知らなかったから、梶谷に殴られたあの日以来、梶谷にだけ会わないように気をつけていたんだけど、ある放課後、僕がのそのそと校門を通り抜けて帰ろうとしていたら、ビール樽のように肥満している割には手足がやたら短い男が近づいてきて、ニタニタ笑いながら、

「お前、梶谷に殴られて、ママ、ママ、助けて言うて泣いてんて」

と言って僕の前に立ちはだかった。僕は急なことだったんで、怖くて足がすくんでしまった。体が固まったように動けなくなった僕を見てビール樽は、僕の胸ぐらを掴んで歩道脇の木陰に連れて行こうとしたんだ。その時、キャーキャーと賑やかに四～五人くらいの女子高生の群が近づいてきたので、ビール樽も手を緩めた。そこで僕はそのままフラフラと女子高生たちの群れに紛れて、ビール樽のもとから離れることができたんだ。僕は足元が覚束ない感じでふわふわと女子高生に紛れて歩いていたけど、女子高生が僕の行き先と違って離れてしまうと一目散に駆け出して駅に飛び込んだものだった。

もう、あんな怖い目には遭いたくなかった。

だから、僕は、朝はギリギリに学校に入り下校は終業時間が来るとすばやく校門を出るようにした。とにかく、あの梶谷やビール樽といった連中に会いたくなかったんだ。会えば必ず殴られる。僕は恐怖で身がすくんだ。だから、いつもそんなふうに、息を切らせながら校門に向かって走ったり、出てきたりするのが僕の日課になっていった。あの連中が僕を一刻も早く忘れてくれることを祈っていた。

でも、こういった時でも、電車に乗って女子生徒の白い太腿なんか見ると胸がざわめいて、いやらしい本を求めていつもの古本屋さんに行くのだけど、ある日、いつものように自然に出てしまう鼻息の荒さをごまかしながら、丸い厚い唇からよだれを垂らしそうなおばさんが左腕で胸を押さえている表紙の本をおじさんに差し出したら、いつもは何も言わずに黙ってお金を受け取ってお釣りを出すだけのおじさんが僕の顔をじっと見つめたんだ。僕はきっと何か言われるに違いないと思って急に緊張で顔からさっと血が引いていくのを感じて倒れそうになったんだ。するとおじさんは、たいして表情も変えずに、僕の目を覗きこむように見ながら、

「まいど」

って一言、そう言ったんだ。その途端に、僕の右目の下の頬が急にピ

クピクピクピクと痙攣を始めたんだ。なんかその皮膚の下に小さな魚か虫が埋め込まれて勝手にピチピチ跳ねてるような感じなんだ。こんなことは生まれて初めてのことだったから、僕はすっかり動転してしまって、お釣りを受けとるとあたふたと大慌てで走るようにして店を飛び出してしまった。

僕は家に帰って洗面所の鏡を覗き込んで右頬の上の方を指で触った。そこにはいつもと変わらない頬骨と薄い皮膚があるだけだった。どうしてあんな風に小刻みに頬がひきつったのだろう。いつもは何も話さないおじさんが変にお愛想なんかするもんだからびっくりしたのは確かだけど、おじさんの眠たそうなそれでいて大きめの目と僕の目が合った時だったような気がする。

僕はもう一度、右頬を指で撫でてみたけど、ピクリともしない僕の頬だった。

その日以来、僕の右頬はことある毎に頻繁に痙攣するようになってしまったんだ。

文房具屋さんでシャープペンシルの替芯を買う時も、普通の本屋さんでマンガ本を買う時も、いつもの駅で通学定期券を買う時も、人と目が合えばもちろん、目を合わさなくても人と会っていて胸が苦しく逃げ出したくなるみたいな気持ちになれば、必ず右頬は小刻みにひきつった。

学校ではますます誰とも話さなくなったし、誰にも声をかけられないように、誰とも顔を合わさなくてもいいようにこそこそ逃げ回っていた。梶谷やその連中からももちろんひたすら逃げていた。それでも、いやでも人と接しなければならない状況になってしまえば、痙攣は確実に現れ出て僕を悩まし続けた。

お父さんは相変わらず病弱で、便所はお父さんの嘔吐物である胆汁液の苦く生臭い臭いがぬけることはなかった。お母さんはそんなお父さんの看病に忙しくて、それにお父さんの給料がどんどん減ってゆくのでどこかの社員食堂でアルバイトをするようになっていたのでヘトヘトで、とてもそんなお母さんに頬のひきつりのことなんか相談できるとは思えなかった。

でも、不思議とお父さんやお母さんと話す時には頬がひきつることはなかった。もっともお姉ちゃんと話す時にはやっぱり顔がひきつってしまって戸惑ったけど、お姉ちゃんは毎朝、勇ましく学校に出かけて夜遅く帰ってきたし、僕のことには無関心だったから、特に何にも気づかないみたいだった。もっとも、元々、あんまり、お姉ちゃんと話すことはなかったし。

できれば僕は僕の部屋から一歩も外に出たくなかった。出たくないというより、外に出て人に会うのが怖かったので、外に出るときは、

「えい、やっ！」

って感じでかなり力を込めないとできなくなってしまった。それで無理して外に出て、いつ頬が痙攣するかとヒヤヒヤしていたら、必ず右頬はヒクヒク、ピクピクした。

郵便はがき

料金受取人払郵便

新宿局承認

7552

差出有効期間
2024年1月
31日まで
(切手不要)

160-8791

141

東京都新宿区新宿1－10－1

(株)文芸社

愛読者カード係 行

ふりがな お名前			明治 大正 昭和 平成 年生 歳
ふりがな ご住所	□□□-□□□□		性別 男・女
お電話 番号	(書籍ご注文の際に必要です)	ご職業	
E-mail			

ご購読雑誌(複数可)	ご購読新聞 新聞

最近読んでおもしろかった本や今後、とりあげてほしいテーマをお教えください。

ご自分の研究成果や経験、お考え等を出版してみたいというお気持ちはありますか。

ある　ない　内容・テーマ(　　)

現在完成した作品をお持ちですか。

ある　ない　ジャンル・原稿量(　　)

書　名			
お買上書　店	都道府県　　　市区郡	書店名	書店
		ご購入日	年　　月　　日

本書をどこでお知りになりましたか?

1.書店店頭　2.知人にすすめられて　3.インターネット(サイト名　　　　)

4.DMハガキ　5.広告、記事を見て(新聞、雑誌名　　　　)

上の質問に関連して、ご購入の決め手となったのは?

1.タイトル　2.著者　3.内容　4.カバーデザイン　5.帯

その他ご自由にお書きください。

(　　　　)

本書についてのご意見、ご感想をお聞かせください。

①内容について

②カバー、タイトル、帯について

弊社Webサイトからもご意見、ご感想をお寄せいただけます。

ご協力ありがとうございました。

※お寄せいただいたご意見、ご感想は新聞広告等で匿名にて使わせていただくことがあります。

※お客様の個人情報は、小社からの連絡のみに使用します。社外に提供することは一切ありません。

学校がやっぱり一番恐ろしかった。誰とも僕からは口をきかなかったけど、同じクラスの中で授業を受けてると、嫌でも他の連中と顔を合わさなければならない時があった。そうすると必ず僕の頬は痙攣した。僕は右手でいつも顔の右半分を隠すようになっていった。

学校にはますます行きたくなった。

ずっと自分の部屋の中で過ごしていたかった。でも、洗面器を横に置いてゲーゲー、ゲーゲー、声を立ててのべつまくなし吐きまくっているお父さんや、僕やお父さんの世話を済ませるとさっと働きに出かけるお母さんを見ていると、とてもそんなことは言い出せなかった。本当に辛いけど何とか学校には通い続けたんだ。


何で僕はこんなに情けないことになってしまったんだろう？

中学に入って以来、だんだんと僕はおかしくなっていって、学校だって好きじゃなかったけど小学校の頃ならそれなりに「元気な子」になってなんとか通っていたし、勉強だって好きじゃないけどそれでも何とかできていたのに、でも、それは世の中の小学生がみんなしていることだからくらいに何の疑問もなしにできてたから、まだよかったんだろうけど、中学生になってからは、何で、こんなものをしなければならないのか本気でわからなくなってしまって、考え込んでるうちにますます、勉強についていけなくなってしまって、どんどん勉強がわからなくなってしまって、そのうちに教科書を開くだけで丸めてゴミ箱に投げ入れたいくらい、

「何で、何で？」

という気持ちがモコモコモコモコと湧き上がってきて、吐き気さえもよおしてきた。でも、それよりもさらに苦しくみっともない、右頬が人に会えばピクピク、ピクピクするようになってしまってからは、勉強への疑問以上に僕を疲れさせてしまっていたよ。

おじさんでピクピクが始まってから、古本屋さんには行ってないけど、というか恐くて行けないけど、それでも、電車の中でキヨコに近付いて匂いを感じたりしたら、相変わらず変な気分になって別の感じで胸が苦しくなって家に帰ったら、今までに買ってたまっているいやらしい本を出してきて射精してしまうのは変わりがなかった。

考えてみればこんな風にますます惨めになってしまったのは、あの修学旅行で梶谷に殴られて、何もできずに茫然と立ち尽くしてしまってからだと思う。そう、すべての原因はやはり、あそこにあると思うんだ。僕は何もしてないよ。ただ、たまたま梶谷の傍に居ただけなんだ。僕が立っている所にこれまた、たまたま写真屋さんがやって来て写真を撮りはじめて、みんなが一度にワッと集まってきて、そして気がついたら僕は梶谷に殴られていて。きっと梶谷を押しのけようとした生徒は他にいたんだろうけど、僕が梶谷を押したことになってしまっていて。

僕は何もしていないのに殴られたんだ。

そしてそれからが問題なんだけど、殴り返すどころか、一言の文句さえ返せなかったんだ。

頬のピクピクの原因はきっとここにあるんだ。親にも殴られたことがないので、クラクラするくらい怖くてどうしようもなかったけど、無実の罪を認めたみたいに何の反応も示せなかったこの僕は、本当に弱くて弱くて惨めったらしくて嫌らしくてつまらない奴なんだと、僕は心からそう思った。

そして梶谷やそのグループの目から逃れることばかりに気を使って生きてるうちに、頬がピクピクするようになってしまったんだよ、きっと。

何度も言うように、小学校の頃は、もっとマシだったと思う。派手に喧嘩はしなくても、僕を露骨に馬鹿にするような奴はいなかった。きっと僕がうまく「元気で」「目立つ子」を演じてこられたからなんだろうけど。

中学生になって僕は「何にも」なれなくて、そして誰もが僕がそこにいることさえ気に留めなくなっていた。それならばそれで、むしろ、気楽でいいのかも知れないけど、梶谷に殴られてからは、「僕の存在」がばれてしまって、さらに頬がピクピクひきつるようになってからは、自分の部屋を一歩たりとも出ればもう、苦しくて怖くて地獄のようになってしまった。

このままだと僕はきっと、ずうっと一歩も踏み出せなくなるんだろうな。もっともどこに向かって一歩踏み出すのかはわからなかったけど、それでもこのままじゃ、僕は部屋から出られなくなってしまって、もうどうしようもなくて、この先は何も無いような気がしたんだ。

そう、このままじゃどうしようもない！

頑張って今と違った僕を演じられるようにならないと、もうダメだ！

そこで僕は、ある無謀なことを考え始めていたんだ。

三

毎年、第二学期が始まって二週間くらい経つと、校内弁論大会というのが開かれることになっていた。講堂で全校生徒を前にして、日頃、思っていることを話す訳なんだけど、はっきり言って、

「挨拶をにこやかにしましょう」

とか、

「規則正しい生活をしましょう」

みたいな、先生の機嫌を取るためのくだらない中身のないものばかりだったけど、特に僕には何の関心も興味もない全く関係のない行事だった。出てくる奴も先生に気に入られようとする優等生か、単に目立ちた

いだけの気持ちの悪い奴ばかりだったんだ。ところが僕は今回はその気持ちの悪い奴になってみようと思ったんだ。

　小学生の時の僕は勉強はそこそこできたけど、野球はもちろん特に球技は死ぬほど下手だったから、四年生くらいまでクラスの連中からとても軽く見られていた。殴られることまではなかったけど、あのままだったら僕は確実に苛められてたと思う。

　五年生になった頃、誰だったかは忘れたけどある男の子が授業中になんか馬鹿なことを言ってそれでクラスがどっと沸いたことがあったんだ。僕もおかしくてゲタゲタゲタゲタ笑っていたらその僕の笑い声が甲高くて、教室中に響きわたってどういうわけかそれがまた受けてしまって、教室中、先生も含めてさらに大笑いの渦になったんだ。

　僕は味をしめて、何かしらきっかけがあると、高音でキャッキャ笑うようになったんだ。それがいつも馬鹿ウケで。それで、そのうちには他の奴が何も言ってなくても、何の脈絡もなくても、急にゲタゲタ、キャッキャ笑い出すようにしたんだけど、これもまた受けたんだ。

そういった時の僕は、声だけは大きくて愉快そうだったけど、本当は辛くて苦しくて、先生にいつか怒られるんじゃないかとヒヤヒヤドキドキもんで怖かったんだ。

でも、その「馬鹿笑い」を手にして以来、どういうわけか僕を軽くあしらう奴がいなくなってしまったんだ。だから今回も、僕にとって本当は辛くて苦しいことなんだけど、一番できそうにないことをやることにしたんだ。そうすることで、今みたいな暗い穴蔵に押し込められたような毎日から抜け出せるような気がしたんだ。ここでうまく中央突破できたら、セコセコセコセコ、梶谷なんかから逃げ回るだけの惨めな状態を変えて行けるんじゃないかと思ったんだ。僕にとっては一か八かの大勝負だったんだ。

何をみんなの前で話そうかと考えた。先生のご機嫌をとって「校則を守りましょう」とか「先生の言うことにはしっかり従いましょう」とか、神様におもねって「大切なのは愛です」なんて良心に反することは口が裂けても言えなかったし、第一、そんなことを言ったって僕の「強行突破」にはならないんだ。何か本当に僕が思っていることを訴えることで聴いているみんなの胸がスカッとするようなことでないと意味がなかったよ。

そこで僕は、日頃から単純に心で密かに変だと思っていたことをみんなの前で話すことにしたんだ。

それはタイトルにすれば、

「D組の存在について」

ということだった。

僕の通うこの中学校は実に中途半端な学校で、大概は無試験でそのまま一貫教育だからエスカレーター的に高校に進学できるんだけど、その進学先の高校も、有名な国公立の大学に行けるのはほんの数人で、有名私学も似たり寄ったりで、大半は偏差値五十にも満たない名もなき大学に行けたらマシみたいな高校だった。そしてちょっとは世間に知られた大学に行けるのは、高校で外部の中学校から入試を経て入ってくる連中で、中学から上がってくる我々の将来はたかが知れたものだったんだ。

それで少しでも受験に強い生徒を育てようとしてか、中学校に一クラスだけ選抜クラスみたいなものを作って、他のクラスよりカリキュラムを濃密にしたりしていたんだ。それが何の成果もあげていないことは毎年の大学合格者数を見れば一目瞭然なんだけど、性懲りもなく選抜クラス、つまりD組というのが厳然としてあったんだ。

僕は、この不思議なクラス編成について、思うがままに正面からみんなに問いかけようと思ったんだ。

つまり、成績で人を区別するなんて不公平じゃないですかって。

畏れ多くも二言目には神を出してきて、

「愛だ、愛だ」

と叫ぶ割には、こんな制度は神の愛に反するのではないですかってね。

これは単に生徒を集めるための「営業手段」ではないのですかって。

一か八か弁論大会に出ることを決めてからでも、僕は実際にはなかなか申し込めなくて、申し込み締切日ギリギリになってようやく担任の丘先生に伝えたよ。その時の先生の顔ったらなかった。鳩が豆鉄砲くらったというのはまさしくこのことだろうと思われるほど、キョトンとした顔をしていたよ。「弁論」と僕がどうしても結び付かなかったんだろう。もしかしたら、クラスの中に僕がいること自体、忘れていたんじゃないかな。担任でさえそんな具合だったから、クラスの連中にいたっては、きっと、弁論大会当日になって会場に僕の名前が張り出されているのを見て、

「いったい、こいつは誰だ？」

ということになって、その名前から僕の顔を思い出すことができなくて、なんとも不可解な気分になるんじゃないかな。

弁論大会の日は、まだまだ汗ばむものの、細いすじ雲が高い空にかかってそろそろ秋を思わせる日だった。

大会会場は、雨の日には体育館としても使われる講堂で、一段高い演壇の後ろに「校内弁論大会」というものものしい横断幕がかけられ、その下には、今日の弁士の名前と演題が模造紙に縦長で大きく墨書されたのが五本、垂れ下がっていた。一メートル程見上げる壇上に向かって、全校生徒が座れるだけのパイプ椅子が整然と並べられていた。そしてその舞台の下近くには、観客に向かって五つの椅子が並べられていた。そこが本日の弁士のための待機席だった。

僕はクラスの連中と一緒に講堂に入った。実のところ、僕は昨夜から、というか、この弁論大会の申し込みをしてからというもの、あまりお腹も空かないし、夜、布団に入ってからも演壇の上で聴衆のたくさんの目に睨まれて、頬が振りきれるくらいに痙攣して何も話せなくなって立ちすくんでしまっている「映像」が頭の中を駆け巡って、ちゃんと眠ることができなくなっていた。他の生徒と一緒に講堂に入ってフラフラ歩みを進めると、さらに足元がふわふわして頭に血が上ったみたいで、見える景色みんなが、そう、サランラップでおおわれたみたいな気分でいたんだけど、今、壇上の僕の名前と今日の演題である「D組の存在について」という垂れ幕を見てしまったら、さらに僕はおかしくなってしまって、胃の中から昨夜、食べたものさえ吹き出しそうな気分になって、立っていることだって危うくなってしまったんだ。

僕は会場に向かって五つ並んだ椅子の一番端の席に座った。続々と会場に入ってくる生徒たちが、物珍しそうに僕を見ているのが感じられた。人の声と足音が混じりあったざわざわとした会場の音が、僕の心をいっそう落ち着かないものにした。

僕は耐えきれなくてうつむいて固く目を閉じてしまった。

その時、僕の隣のパイプ椅子が軋んで、人の座る気配がした。僕は反射的に目を開けて隣の席を見た。

肩幅が広く筋肉質でゴッゴッした感じの男が、パイプ椅子から大きな肢体をはみ出すようにして座り、僕の方を見てニタリと笑った。

「お前なんかが、何、話すんや？　ちょっと見してみい」

こいつは、藤本と言って、僕が修学旅行で訳もわからず梶谷に殴られた時に、学校に戻ってからも梶谷と一緒になってしばらく僕を殴ろうとして、校門なんかで待ち伏せしてた連中のひとりだったんだ。そして、後でわかったんだけど、実は梶谷や僕を殴ろうとしてた連中のリーダー格は、この藤本だったんだ。

藤本は、僕が手元で握りしめている演説原稿に手を掛けて、

「えーから、見してみいや」

と強引に奪い去ろうとした。僕は、指先に自然と力を込めて、取られないようにした。

藤本は、僕を睨みつけて、

「見してみいって言うてるやろ」

とさらに力を込めてきた。もう、原稿が破れるのではないかと思われた。

僕は、弁論大会の緊張に加えてこの藤本のことが重なってきたものだから、頭に血が上りぼおっとして右頬をひきつらせ、口をアワアワ軽く上下させながらも原稿を固く握りしめていた。それが藤本の癇にいっそう障ったようだった。

「お前、何、文句ゆうとんじゃ。今日こそは許さんからな。帰りに校門で待っとれ。今日は逃げるなよ」

僕は本当に情けなかった。この弁論大会をとにかくやり終えて、修学旅行以来の穴蔵を這いずり回っているような気分からなんとかして抜け出そうと思っていたのに、新たに藤本まで抱え込むようになるなんて。聴衆や教師が目の前にいなければ、今にも僕を殴りそうになっている藤本を横に感じながら、僕はやりきれなさとともに、この理不尽な巡り合わせとでもいったものに対して、沸々とした怒りがこみ上げてくるのを感じていた。

ちょうどその時、僕の順番を伝える司会者の声が壇上から響いてきた。僕は怒りで体の奥深い所に熱を感じながらも、藤本の顔は直視できないまま壇上に上がった。

胸に燃えたぎるような炎があった。演台を前にして見下ろす聴衆の表情が不思議と細かく読み取れるのがわかった。僕は自分自身がまるで緊張していないことに驚いた。藤本のしかめっ面さえそこからはしっかり見据えることができた。藤本の顔を見てよけいに僕の胸の奥のどす黒い炎が燃えたぎった。僕はその勢いで日頃の僕からは考えられない「闘士」に変わってしまっていた。

演題「D組の存在について」は、同じ学年で成績の上位者から四十名くらいを選抜してD組というクラスを作って、特別なカリキュラムに則って運営していくなんてことは不公平、不平等の極みじゃないかというのが要旨なんだけど、僕は、それを単純に変だなと思っていただけだった。ところが「闘士」になってしまった僕は、壇上から観衆を右から左へとひと回り睨みつけるように見回して一呼吸置いたあとで、今すぐにでも「学園紛争」を起こしてバリケード封鎖して機動隊と殴り合うんだみたいな勢いになって、何かに取り憑かれたみたいに壇上で大声をあげて拳を振り上げて陶酔してしまっていた。気がついた時は、場内、水を打ったような静寂で、それに続いて割れるような拍手が僕を包み込んでいた。

酔いから醒めたみたいになって、目をしっかり開けてから、僕がまず気づいたのは、僕を射抜くような学園長の紅潮した顔だった。

「この学校は、何かと言えば神の愛だ、愛だと神を出すけど、神は不公平を好まれるようだ」

と言ってしまった時に、ちらりとこの神父でもある学園長と目が合ってしまったことがとっさに甦った。

そして今、それよりも藤本が壇上の僕を見ながら、怖い顔で腕を振りながら僕に合図をしている（多分、後で待っていろと言ってるのだろう）のに気がついて僕は「闘士」からまたたくまに、現実に引き戻されてしまった。

壇上から下りた僕は気の抜けたサイダーみたいになってうつむき、伏し目がちに、「優勝楯」を僕を睨んでいた学園長から受け取ってから教室に戻った。教室に入るや、日頃全く話したこともない連中が、口々に、

「いやぁ、見直したよ」

とか、

「君の勇気には全く尊敬するよ」

みたいに僕をおだててくれたけど、僕は、藤本とのことが頭に引っ掛かって上の空だった。これが、藤本とのことなんかがなかったら、おだてられて僕も豚のように木に登っていたんだろうけど、僕はただ、ひたすら怖かったんだ。壇上で沸々と煮えたぎった怒りの炎は、あのちょっとした石の塊のような藤本の拳という現実の前で、へなへなと音を立て

て崩れ落ちてしまっていたんだ。あの僕の一・五倍はあるゴリラのような体とゴッゴッした拳が怖かったんだ。

その日の授業が終わると僕はすぐさま教室を抜け出し校門を走り抜けようとした。幸い、校門付近には人影はなかった。僕はほっと一安心して、校門を通り抜けて、駅に向かって歩いて行った。もう、大丈夫だろうと思った矢先、傍らの児童公園から四、五人の人影がバラバラと現れて僕を取り囲んだ。

修学旅行で僕を殴った梶谷がいた。何度か僕に嫌がらせのように付きまとった、首と足が異様に短い醜くだらしなく太った奴もいた。その他、見覚えのある連中だった。そして、なにより藤本がいた。

「お前、待っとれゆうたやろ！　いつもさっさと逃げやがって。手間かけさせるなよ」

僕は胸ぐらを掴まれて、まるで抗うことのできないくたくたの人形のようになって、馬鹿でかい藤本の拳で横っ面をいやと言うほど殴り飛ばされていた。公園の地面に転がった僕を、梶谷や醜い短足やその他の連中が次々に蹴り始めた。僕は両腕で頭を守りながら胎児のように丸くなってサッカーボールみたいに蹴られ続けていた。鼻から血がドロリと流れ落ち、口の周りに気持ち悪くまとわりついた。背中が、お尻が、太腿が蹴られるたびにうずいた。あまりに無抵抗な僕に飽きたのか、やがて藤本たちは僕を蹴るのをやめて再び僕を抱き起こしさらに僕の顔を殴ろうとした。その時、公園に面した歩道に男性数人の声が聞こえた。どこかで何かのサイレンの音がしている。藤本たちは咄嗟に蜘蛛の子を散らすようにして素早く走り去ってしまった。地面に放り出された僕は、いやと言うほど腰を打った。息が詰まるような刹那の痛みに呻きながら、僕はやっと涙が溢れてくるのがわかった。転がっている僕の頬の先には犬と思われる茶色い糞の塊があった。

サイレンの音が遠くに去っていった。

四

僕は家族ともほとんど口をきかなくなっていた。制服を泥だらけにして帰ってきたあの日、その訳を聞いたお母さんにただ、

「転んだ」

とだけ言ってすぐに部屋に籠ってしまった。殴られたり、蹴られたりした身体がずきずき痛んだが、顔の腫れはさほど目立つものではなかった。

お父さん、お母さんに打ち明けてしまおうかとも思ったが、それを言うこと自体が情けなくて不甲斐なくて耐えられそうになかった。だから、お父さんお母さんにしつこく問い詰められても、

「別に」

くらいしか言えなかった。

家にいても息が詰まるし、このまま外に出ないと、きっと一生出られないような気がして、僕は、何とか学校にだけは通い続けた。

毎日、誰もいないときを見計らってギリギリの時間で校門をくぐり、終業後は、キョロキョロうかがってから、偶然見つけた、みんなに存在さえ忘れられたような朽ちた裏木戸からこっそりと帰った。昼休みは、できるだけ教室から外に出ないようにして、お昼の弁当を食べると、素早く、人気の少ない図書館脇の個室トイレに逃げこんだ。

もう、こんなことになってしまったんだから、「D組」のことなんかどうなろうと構わないのに、教師からは事ある毎に皮肉な言葉を浴びせかけられた。

「居るのか居ないのかわからんお前が、いつの間にか偉くなったもんだなあ」

といった具合に。

この学校を卒業して大学を出てからこの学校の教師になるためにわざわざ舞い戻ってきた生物の浜口なんかは特にひどくて、憎悪の表情を隠そうともしないで、僕に授業中、訳もなく立ち上がらせて、

「ええか、調子に乗るなよ、お前みたいな不良分子がギャーギャー騒いどった時代もあったけどな、みんな静かになってもうたわ。学校にたてつくなんて百年早いで」

一番大事にしているものを汚されたって感じで浜口は執拗にこんな言葉を投げ掛け続けた。

他の教師も似たようなもので、浜口ほど露骨ではないものの、浜口みたいな「学校命」と額に刻み込んでるんじゃないかと思うくらい気持ちの悪い教師たちに僕が皮肉られたり嫌みを言われたりしていても、ただ薄笑いを浮かべて見てるだけのことだった。

梶谷と藤本は、虎視眈々と僕を殴ろうとしてチャンスを狙っていたし、

先生たちもそれを薄々感じていても、藤本や梶谷から僕を助けようなんて全く思っていないようだった。

誰も助けてくれない。

僕はただ恐怖に立ちすくむだけだった。

お父さん、お母さんにはあまりにふがいなさすぎて、相変わらず僕からは何も言えなかったけど、いつもはおとなしくてもお父さんやお母さんにはそれなりにしゃべる僕が、ほとんど何も話さなくなって、さらに晩御飯さえあまり食べなくなったものだから、お父さん、お母さんに厳しく問い詰められて、遂に、僕は藤本や梶谷にひどい目に遭わされたことだけは話してしまったんだ。

病弱でいつも吐いてばかりいて会社もクビになりそうなお父さんが、体を震わせて真っ赤になって怒ってくれたのは意外だったけど、やっぱり嬉しかった。お父さんは早速、学校に出向いて、担任の丘に会ってきてくれた。

どんな話し合いになったのかはわからないけど、丘はのらりくらりとお父さんを煙にまいたという。お父さんは、

「人をなめやがって」

なんて言って悔しがっていた。

藤本も梶谷の家も、ちょっとした会社を経営していて、学費以外に多額の寄付を毎年していたらしい。

お父さんがそう、憎々しげに言っていた。

僕はひたすら身を屈めて、藤本や梶谷や教師たちの起こす嵐が頭の上を通り抜けるのを待った。学校ではますます存在をなくすようにして、空気や風のようになろうとした。誰とも最低限の対応で、必要以上の話はしないようにして、ますます居るのか居ないのかわからないようになろう、そう、本当に風や空気のようになろうとした。

いつもひとりだった。

あんなに激しかった女の子へのドキドキ感も近頃はなくなっていた。

古本屋さんどころか、僕の部屋の押し入れにたくさん隠してあるいやらしい本も見ようという気さえ失せていた。学校への行き帰りの電車でも、キヨコを探すどころか誰かと目が合って、下手に声でもかけられたら耐えられそうにないので、ずっとうつむいて過ごした。

そうして僕自身には何のいい変化もないうちに季節だけが変わって、そろそろ二学期も終わる頃になっていた。僕は、幸いにあの日以来、梶谷や藤本たちに囲まれて袋叩きにされるみたいなことはなかったけど、それはひとえに僕が逃げ回っていたからだ。そして僕はほとほと、もういい加減、逃げることに疲れてしまっていた。

その日も僕は学校が終わると、朽ちかけた裏木戸を走り抜けて、誰にも見つからなかったことを確かめてから、とぼとぼと足元を見つめながらひとりで歩いていた。周りの景色も気に留めず、ただ、僕は古くなって泥や埃がこびりついてしまった自分の靴先を見つめながら歩いた。いつものように駅に向かうには、このまま、ただまっすぐ行くだけだから、僕は、足元の靴から視線を上げなくてもたどり着ける。でも、今日は気持ちがいつも以上に重くて重くて、この頃はこんな気持ちが沈んでどうしようもない日が増えてきたけど、今日はそれがとても辛くて、このまま駅に向かって平気なふりして電車に乗って帰る気になれなかったんだ。

僕は立ち止まってふと視線を上げた。右手に緩やかな坂道が見える。いつも通るいつもの景色だ。でも、今日は少し違って見えた。その緩く長い坂道の頂きに立っている大きなマンションが、オレンジ色の光に包まれたようになっていたからだ。僕はそれを見て何故か動けなくなってしまった。僕は憑かれたように、その坂を上り始めた。

オレンジ色の輝きは、マンションの窓という窓が、沈み行く陽の光を浴びてキラキラと反射している無数の光の束だった。僕はゆっくりと坂道を上りながら、十階以上もあるだろうマンションのすべての窓という窓が、落ち行く夕陽の照り返しで初めの明るいオレンジ色から、少しずつ色味を変えて濃くなりながら輝いていることに囚われてしまっていた。

目の覚めるようなオレンジに赤黒い絵の具を少しずつ足してゆくような色調の変化だった。僕はもう、僕自身も頭から胴体から、手足から心の中まで夕陽に合わせてオレンジ色に染まっていくのを感じていた。

僕はフラフラと呆けたようになって、ただマンションの照り返しを見上げながら歩いていった。

やがて僕は坂道を上りきって、マンションの敷地内に入った。オレンジの光がかなり淡くなっている。

僕はなぜだか「急がなきゃ」と思った。僕は住人が使うエレベーターは避けてその脇にあった非常階段を見つけて、上っていった。踏み段を上がるたびに乾いた金属音が足元から空中に広がった。上がるにつれ、夕陽がすっかり赤暗さを増し、弱々しくぼやけた陽の輪郭が遠くの山と空の間に見えてきた。同時にひんやりとした風が僕の全身をすっぽりとおおった。落下防止の金網が階段を壁のように囲っていたが、風が金網に触れるたび、ヒューヒューと音を鳴らした。僕は、足元を見つめてさらに上っていった。

屋上につながる鉄製の扉に鍵は掛かっていなかった。

僕は屋上に出た。丸い球状の貯水タンクだけが殺風景に立っていた。屋上と外界を遮るフェンスは腰の高さぐらいしかなかった。

僕はその囲いの脇にペタンと座り込んだ。

遠くに見える山の端には消え去ろうとする太陽の最後の光が、今にも闇に溶け込もうとしていた。その下に広がる街並みでは、もう、街の灯が瞬きを始めていた。

そう言えば、小学校の卒業式の前日にも、なんで校舎の屋上なんかに上がったのかは忘れたけど、そこから見た夕陽も赤黒くて、ずっと沈み切るまで見続けていたことを思い出していた。

最後の陽は、どんどん赤みが暗黒に搦め取られてしまって、山の暗いシルエットに馴染んでいく。

静寂だった。

本当に穏やかな場所がそこにあるように思われた。
僕は試しに立ち上がってみた。
ひとまたぎだった。
一歩踏み出せば、あの暗紫色に溶け込めるのだと思った。
僕は、最後の光が闇に溶け込んでしまってからも、膝を抱えてずっと
その場に座り込んでいた。

著者プロフィール

怠全仙人（たいぜんせんにん）

物語は、中学2年生の頃だから、もう半世紀以上も前になる。関西の1都市に生まれ、物語の舞台になったのと同じカトリック系の学園に中学高校と6年も通った。「楽しい青春時代」がほど遠かったのも、物語と一緒。

その後、上京して「何者かにならん！」と欲しながらも、意気地がないため中堅の生命保険会社に無難に就職。ところがそこを本当につまらないことで30歳を前にして退職。結果的に約10年のフリーター生活が続き、時給の高いアルバイトは一通り経験後、38歳で法律系国家資格を得て、2000年から成年後見人になって現在までに100件以上に就任。その後、福祉系国家資格も2つ取得して、自分が立派な高齢者になってそろそろお世話をしていただかなくてはならない立場ながら、いまだ人様のお世話をしている毎日です。

プライベートでは、結婚・離婚を経験し、プー太郎時代から始めた小説等の投稿を続けて、「まあ、書く楽しみが残っているからいいか！」と「咳をしても一人」の無聊の日々を慰めている。

落日の彼方に

2023年 2 月15日　初版第 1 刷発行

著　者　怠全仙人
発行者　瓜谷 綱延
発行所　株式会社文芸社
〒160-0022　東京都新宿区新宿1－10－1
電話　03-5369-3060（代表）
03-5369-2299（販売）

印刷所　株式会社暁印刷

ISBN978-4-286-28021-9